Uomo lupo:
La Storia Segreta del Signor Howard

"Sapere che stiamo per morire cambia tutto. Si sentono cose diverse e si sentono odori molto diversi. Eppure le persone non apprezzano il valore della loro vita. Continuano a bere un bicchiere d'acqua, ma non ne sentono il sapore". *Saw II.*

Lasciatemi un commento e fatemi sapere qual è stata la vostra esperienza di lettura. Grazie mille.

Indice

Prefazione

Vi piacciono le storie epiche piene di mistero, avventura e intrighi? Se sì, allora vi invito a leggere questo impressionante romanzo storico sui licantropi, ambientato nel 1700 tra Inghilterra e Parigi, in cui Howard, il protagonista di questa storia, sarà coinvolto in una serie di misteri e intrighi che dovrà risolvere. Una storia avvincente che vi terrà con il fiato sospeso fino al sorprendente finale.

La mia mente non capiva, anche se il mio buon senso mi diceva: "Non ti succederà nulla", volevo scappare, - cosa diavolo volevano mostrarmi nelle profondità di quel castello? Quando dico profondità, intendo profondità. Scesi un gradino dopo l'altro, forse contai cinquecento enormi gradini di roccia, finché mi trovai in una gigantesca sala illuminata da enormi lampadari ai lati. Quando guardai più da vicino, il mio stupore fu minimo: c'era ogni sorta di cose che all'epoca non conoscevo, come provette e migliaia di oggetti per la sperimentazione. Incredibile per l'epoca. Per un attimo pensai che questa parte sarebbe stata il mio posto di lavoro, ma non era così. Attraversammo quella specie di laboratorio medievale per scendere di nuovo in una nuova stanza; lì mi si rizzarono i capelli in testa. Si sentivano urla terrificanti sempre più basse, provenienti da una porta in fondo. Brayton prese un oggetto appeso alla parete e poi aprì l'apertura che non avrei mai voluto che aprisse. Quando la aprì, una scena terrificante apparve davanti ai miei occhi, era qualcosa....

1

Sono passati molti anni da quando la peste ha invaso Londra nel 1760, quando ero solo un ragazzino, sì, un ragazzino di non più di 11 anni. Invece di giocare, lavoravo per qualsiasi cosa, facendo commissioni o raccogliendo legna da ardere per qualche persona benestante in periferia, sia in qualche piccolo villaggio che fino a Canterbury, a 90 minuti da Londra. La vita era molto difficile. Avevo più di 5 fratelli più piccoli e mio padre ci aveva abbandonati al nostro destino. Mia madre riusciva a malapena a lavare qualche vestito per il clero o per i nobili, perché era malata di polmoni e non c'era modo di sfamarci se non lavoravo. Il futuro non si prospettava roseo per la classe inferiore, i contadini. Non c'era altro da fare che lavorare duramente nelle terre dei nobili, i proprietari degli acri e delle piantagioni, per poi sposarsi e magari morire a 35 anni di qualche malattia infettiva. Non c'era altro! Al massimo si poteva aspirare a diventare caposquadra in una fattoria o in una piantagione, se ci si comportava bene.

Il destino ti sorprende sempre, sì, porta sempre cose nuove che non immagineresti mai. La mia vita è cambiata drasticamente nel 1762, francamente non ricordo il mese, perché sapevo a malapena scrivere per distinguerli, ma sta di fatto che quell'anno maledetto: la peste, un'epidemia di peste bubbonica colpì alcuni villaggi in Inghilterra e uccise un paio di migliaia di persone tra cui le mie: mia madre e i miei 7 fratelli che avevano per lo più meno 8 anni. Sono stato fortunato, ecco perché parlo di destino, anche se in verità avrei desiderato la mia morte invece della loro.

L'inverno di quell'anno fu duro, molto duro. Riuscivo a malapena a mangiare un pasto ogni due giorni. Se non fosse stato per il buon cuore di un vecchio frate di una piccola chiesa anglicana del villaggio in cui vivevo (Ambury, a circa 30 minuti da Londra), non sarei sopravvissuto a quel rigido inverno. Ero rimasto senza famiglia, senza nessuno che mi aiutasse. Almeno avevo i ricordi e ciò che mia madre mi aveva insegnato: il carattere per guadagnarmi da vivere. Almeno avevo una capanna dove passare le notti e non diventare un altro vagabondo nelle strade buie di Londra. Le settimane scivolavano via come il vento, e a una certa primavera mi stavo dirigendo verso la foresta che circondava l'intera città di Londra in cerca del mio pane quotidiano. In questo caso dovevo tagliare della frutta per alcuni cuochi della città. Non erano passate più di un paio d'ore quando all'improvviso qualcosa catturò la mia attenzione nelle profondità della foresta. Sotto alcuni alberi frondosi c'era un vecchio che raccoglieva alcuni tipi di radici e piante. All'inizio non mi spaventai, perché la maggior parte dei miei coetanei indossava il cappuccio medievale a scialle per coprirsi dal freddo, ma in piena primavera era insolito, a meno che non ci si volesse nascondere da qualcosa o qualcuno e si fosse un fuorilegge. E a maggior ragione in un ambiente come quello della foresta, faceva un po' paura. Non ci volle molto perché la mia presenza fosse notata, a causa di alcuni movimenti maldestri che feci tra alcuni cespugli dove stavo spiando. Un fiotto di sangue mi salì allo stomaco per la paura quando il vecchio mi guardò negli occhi, ma subito fui "calmato" dalla sua voce di qualità:

- Cosa ci fa un bambino in mezzo alla foresta? Non sai che è molto pericoloso camminare da soli in questo posto? - mi disse il vecchio mentre reggeva una borsa di cuoio in cui aveva gettato ogni tipo di piccola pianta. Il fatto è che a quei tempi non era gradito che qualcuno andasse in giro a tagliare piante strane, perché poteva essere accusato di stregoneria.

-No, sono solo... sono solo venuto a tagliare della frutta per venderla a... ai cuochi del centro, signore", dissi con la voce tremolante, riuscendo a malapena ad articolare le parole. Il mio cuore batteva all'impazzata, non sapevo se scappare o stare lì a fingere di non avere paura, mia madre mi diceva sempre: "Non fidarti mai di un viso dolce, di solito sono i più cattivi". Il fatto è che stavo per scappare quando quell'uomo mi disse: "Non fidarti mai di un viso dolce, di solito sono i più malvagi":

- E i tuoi genitori: un ragazzo giovane come te non dovrebbe essere qui in giro? - mi fece notare di nuovo, dopodiché il vecchio tirò fuori un fiorino d'oro, una moneta medievale accettata in tutta Europa. Mi brillarono gli occhi, ma sapevo che poteva essere una trappola per attirarmi più vicino, e magari intrappolarmi e cucinarmi. Quel vecchio era sicuramente uno stregone, pensai.

- Prendilo, ragazzo! Con questo potrai vivere un mese. Pulisciti e mangia, e quando l'avrai speso, voglio rivederti in questo posto, ti farò una proposta e forse, se accetterai, non dovrai più lavorare come schiavo", gridò mentre raccoglieva una seconda borsa che era su un albero, per poi perdersi nelle profondità della foresta. Ero impressionato, avevo tra le mani un fiorino d'oro, una moneta che equivaleva a 30 salari dall'alba al tramonto, un mese intero di lavoro, proprio così. Per un attimo mi chiesi chi fosse quel vecchio, e perché mi avesse dato quella moneta? Forse gli dispiaceva vedere un povero giovane tutto trascurato, sporco di stracci che cercava di guadagnarsi un piatto di cibo. Non era tempo di sentimentalismi, così mi diressi subito in città per comprare del cibo. Sì, il cibo che avevo sempre desiderato assaggiare nelle strade dei fornai o delle pasticcerie.

Un nuovo inizio

La mia gioia è durata poco. Come previsto, spesi tutto e tornai alle mie vecchie abitudini. A volte non ricevevo nulla durante il giorno e non avevo altra scelta che chiedere l'elemosina per comprare almeno un po' di quel pane duro che vendevano ai più poveri. Per diversi giorni la fame fu la mia migliore amica, finché non mi ricordai di ciò che mi aveva detto quel vecchio, di cui allora non conoscevo il nome. Riflettei a lungo prima di decidere di tornare in quella foresta, nella quale non avevo più messo piede da un mese e mezzo. Forse il mio inconscio mi diceva che era pericoloso, ma c'era qualcosa nel mio cuore che mi diceva "Vai, vai". Che cosa voleva propormi, che secondo le sue parole non avrei mai dovuto lavorare. Lo avrei scoperto presto.

La scarsità di quella primavera mi fece accettare nonostante la mia paura. Avevo già dodici anni. Una mattina preparai tutto e mi addentrai nella foresta. Mi ero preparata, secondo me, con un piccolo bastone di legno, in modo che se qualcuno avesse cercato di farmi del male, mi sarei difesa. Non sapevo davvero se l'avrei ritrovato, perché come avrebbe fatto quel vecchio a sapere che lo stavo cercando? Comunque, non persi tempo e un paio d'ore dopo ero di nuovo dove l'avevo visto due mesi prima. Erano le 12, come sapevo dalla posizione del sole in cielo. Decisi quindi di riposare proprio sull'albero dove avevo trovato l'uomo accovacciato.

Il tempo passava e ovviamente non volevo che la notte mi cogliesse lì, visto che da quel posto c'erano due ore per arrivare al villaggio dove vivevo. Così decisi di andarmene, per paura di quello che diceva la gente, che in quei luoghi le persone scomparivano nel tardo pomeriggio. Lo attribuivano a cose soprannaturali. E sebbene fossi incredula di queste cose, il paesaggio di quel luogo pieno di alberi che nascondevano il sole e facevano ombre scure ovunque cominciò a spaventarmi e cominciarono ad affiorare pensieri intrusivi su qualcosa che mi perseguitava da ogni angolo. Accelerai il passo e non erano passati più di cento metri quando si sentì una voce alle mie spalle:

- Sono felice che sia venuto. Sapevo che in qualche modo l'avrebbe fatto, per questo la stavo aspettando. -disse lo stesso uomo con un tono alto.

In quel momento mi bloccai, sapevo dove era andato, ma anche a quell'ora avrei preferito che non fosse mai apparso. Per qualche secondo mi sentii come paralizzata, ma quando i suoi passi si avvicinarono, l'adrenalina mi spinse a voltarmi, trovando il suo volto a un metro da me.

- Come stai, giovanotto? Non aver paura, non ti farò del male", sussurrò toccandomi la testa e poi tornò verso l'albero. Se avesse voluto farmi del male, quello sarebbe stato il momento giusto. Ma non lo fece, così invece di pensare di scappare, quell'azione mi diede un po' di fiducia.

- Forza, sbrigati, giovanotto! -esclamò, guardando il cielo che cominciava a riempirsi di nuvole nere. Non esitai di nuovo e mi avvicinai al punto in cui era seduto su un piccolo masso.

- Come ti chiami? -mi chiese in modo piuttosto affabile.

-Mi chiamo Brighman, signore.

- Brighman! Proprio come il duca dello shire, solo che è un maledetto bastardo". - Disse con esitazione e io sussultai per il commento all'uomo che avevo maledetto. Volevo andarmene, così mi affrettai a chiedergli quale fosse la sua proposta.

- Posso sapere il suo nome e quale sarebbe la sua offerta di lavoro per me? - Chiesi, e poi aggiunsi: "Da quattro giorni non riesco a ottenere nulla, né come facchino al porto né nei mercati, perché preferiscono darli a uomini forti piuttosto che a uno come me".

- Mi chiamo Allard Braihentein. E quanto mi dispiace sentire queste parole. - Disse, - in effetti questa maledetta e malvagia monarchia di Carlo II ha portato solo rovina al nostro popolo. Ma le cose cambieranno presto quando...

- Non capisco, signor Allard...

- Voglio che tu venga con me al monastero... Sono sicuro che conosci il villaggio degli Anters. A un'ora da Londra e a 3 ore da qui.

- Ad essere sincero, signor Allard, non mi sono mai avventurato in quei luoghi, forse perché i miei lavori sono occasionali, come trasportare legna e cose del genere.

- Il cielo si sta oscurando con le nuvole e questo non è un bene, e se si va nella direzione in cui si è venuti non è sicuro.

- Perché? - Risposi pensieroso.

-Non importa ora, vieni con me. Ti ho già detto che non ti mangerò, se fosse stato un male saresti già ammanettato, dai! Vieni con me, ho un cavallo a pochi metri e così faremo molto più in fretta.

Nonostante un po' di diffidenza dentro di me, non avevo scelta, era tardi e quando sarei uscito dalla foresta probabilmente sarebbe stata notte, così accettai. Lo seguii e non passarono più di un paio di minuti che mi apparve davanti agli occhi un enorme cavallo nero che apparteneva a quell'uomo. Senza perdere tempo, il vecchio lo montò e rapidamente entrambi partimmo a tutta velocità verso una direzione incerta. L'intero paesaggio dove stavamo andando mi sembrava del tutto estraneo, persino gli alberi diventavano sempre più fitti e alti. A volte mi sembrava di perdere la cognizione del tempo, mentre mi tenevo stretto all'uomo per non scivolare. Non sapevo se fosse stato un errore e se stessi andando incontro alla morte, ma non potevo fare altro che aspettare ciò che il destino aveva in serbo per me. Improvvisamente arrivammo in un punto in cui gli alberi erano ammassati e il cavallo riusciva a malapena a tenere il passo senza che qualche ramo ci finisse in faccia. Un paio di minuti dopo ci perdemmo tra le fronde e ci ritrovammo nel buio più totale. A quel punto mi sono spaventato e ho cercato di scendere da cavallo:

- Aspettate", gridò il vecchio, accendendo una torcia che si trovava a lato dell'ingresso alla base del tunnel di terra, alto circa due metri e largo abbastanza per far correre un cavallo in velocità. - Questo è un passaggio lungo diversi chilometri che nessuno conosce, questo è il modo più veloce per arrivarci senza che nessuno ci guardi". - Allard confessò.

- Ma da chi si nasconde?

- Lo scoprirete presto, ma non preoccupatevi, questo posto è sicuro. - Aveva detto.

Era incredibile, qualcosa non quadrava, da chi si nascondeva questo vecchio e perché tanto mistero? Non sembrava un fuorilegge o un criminale, la sua età era inverosimile. La cosa più strana era chi avesse costruito quel tunnel lungo diversi chilometri, e a quale scopo, in profondità e inesplorato nella foresta. Lo avrebbe scoperto presto.

Cosa sono queste cose?

Non so quanto tempo ci volle perché il cavallo si fermasse, ma era davvero molto scomodo. Quando intravidi una scia di luce capii che era l'uscita da quel luogo funereo e ne fui felice. Quando finalmente uscimmo dall'altra parte, che era simile all'ingresso, il sole era già tramontato e stava arrivando la notte. Non passò molto tempo prima che una strana specie di castello fosse visibile sulla cima di una collina, ed era lì che eravamo diretti.

-Questo posto è gigantesco, non avrei mai immaginato di arrivarci", pensai guardando l'enorme foresta di conifere e i boschetti che circondavano l'intero luogo, molto lontano da dove l'avevo incontrato. Dopo essere entrato nello strano castello di roccia nera, rimasi impressionato da tutti gli strani oggetti che erano sparsi solo intorno all'ingresso. Non avevo mai visto nulla di simile in vita mia. Dipinti dell'epoca dei faraoni e oggetti di ogni tipo davano al luogo una decorazione davvero impressionante e misteriosa. Non volevo fare domande e rimasi in silenzio. Il signore perse subito la strada verso il retro di una porta e io rimasi lì, nel mezzo di una camera accogliente. C'era qualcosa di molto insolito per quei tempi: una biblioteca personale, probabilmente di proprietà del signor Allard Braihentein.

Pieno di curiosità camminavo per quel luogo pieno di cose meravigliose, quando all'improvviso dall'enorme scalinata in cima al locale scesero il signor Allard con un uomo di mezza età. Mi feci subito serio e aspettai che si avvicinassero a me. Avevo un po' di paura, non tanto per la mia sicurezza quanto per il lavoro che stavo per fare.

- Giovanotto, voglio presentarti la persona con cui starai, una volta che me ne sarò andato. - disse, sorridendo. Mentre io feci il resto, il tipico saluto di quei tempi: una stretta di mano e qualche parola educata. L'uomo di fronte a me era l'opposto del signor Allard, che era un uomo molto avanti con l'età, forse sulla settantina e oltre. Quest'uomo aveva circa 45 anni, sembrava tarchiato e piuttosto spericolato.

- Potete chiamarmi Brayton. - Disse seccamente, - evidentemente era un uomo di poche parole. Dopo quella scena piuttosto imbarazzante, Allard pronunciò queste parole che all'epoca mi lasciarono indifferente.

- È ora di scoprire perché siete qui. Non c'è modo di andarsene... ma aspettate, non allarmatevi per quello che vedrete oggi. Nessun essere umano comune l'ha visto e vissuto. Quindi seguiteci. La mia mente non capiva, anche se il mio buon senso mi diceva "non ti succederà nulla", volevo scappare, cosa diavolo volevano mostrarmi nelle profondità di quel castello? Quando dico profondità, intendo profondità. Scesi un gradino dopo l'altro, forse contai cinquecento enormi gradini di roccia, finché non raggiunsi una gigantesca sala illuminata da enormi lampadari ai lati. Quando guardai più da vicino, il mio stupore fu minimo: c'era ogni sorta di cose che all'epoca non conoscevo, come provette e migliaia di oggetti per la sperimentazione. Incredibile per l'epoca. Per un attimo pensai che quella parte sarebbe stata il mio posto di lavoro, ma no, attraversammo quella specie di laboratorio medievale per proseguire verso una nuova stanza, dove i capelli si rizzarono. Si sentivano urla terrificanti sempre più basse e provenivano da una porta in fondo. Brayton afferrò un oggetto appeso alla parete e poi aprì l'apertura che io non avrei mai voluto fosse aperta. Quando la aprì, mi apparve davanti agli occhi una scena spettrale, uscita dai miei peggiori incubi, una creatura raccapricciante in catene e illuminata solo da una piccola torcia tintinnante tenuta in mano dal signor Brayton. Per un istante esitai a fare domande, ma non mi trattenni:

- Che cos'è quella cosa? - Ho chiesto: "È orribile, non voglio....

-Questa creatura è una specie di demone, che voi tutti chiamate vampiro, ma come potete vedere, sono ben lontani dalla realtà di ciò che i pittori raffigurano nelle loro opere. Queste cose sono responsabili della scomparsa di migliaia di persone e sono complici dei dannati capi della monarchia. Queste cose sono astute, discendenti di demoni e hanno bisogno di sangue, molto sangue, per essere placate. Di solito cacciano le loro vittime nei boschi, in luoghi solitari quando il sole tramonta, ecco perché siamo usciti dal bosco attraverso quel tunnel, un luogo dove ci sono croci sparse in giro e non avrebbero osato entrare e perseguitarci. - Dopo questa misteriosa spiegazione, abbiamo assistito a un altro tipo di creatura che mi ha lasciato ancora più scioccato. Accanto alla porta che conteneva la creatura che chiamavano vampiro, c'era una bestia totalmente indomabile che era trattenuta da diverse catene agli arti e al collo. Prima che potessi fare domande, il signor Allard Braihentein mi fece passare i miei dubbi.

- Un lupo mannaro, mio caro amico, così bestiale e imponente allo stesso tempo! - Esclamò: "Queste cose affliggono ogni inverno alcune zone lontane dalla civiltà. Sono estremamente pericolosi e sono nemici naturali della prima creatura che hai visto. Entrambi sono incredibilmente feroci e devono essere annientati. Questi sono solo esemplari che attendiamo per gli esperimenti. -concluse, lasciandomi senza parole. Dopodiché salimmo subito al piano superiore, ma non prima di aver chiuso quella sezione sotto forma di passaggio dove c'erano diverse altre celle che non potevo sapere cosa contenessero, se altre di quelle cose o creature diverse. Alla fine non importava, sapevo solo che aveva cambiato per sempre la percezione della mia realtà.

Dopo di che, il signor Allard Braihentein si rinchiuse per un paio d'ore, lasciandomi solo nella stessa camera all'ingresso di quel luogo, ma non prima di avermi dato qualcosa da mangiare. Cibo che sapeva di gloria dopo quelle scene inquietanti. Quando entrambi scesero, la prima cosa che Allard mi disse fu: "D'ora in poi non ti chiamerai più Brighman, ma Howard": Howard, che nella confraternita significa "l'ultimo cacciatore". Questo mi lasciò pieno di curiosità. Ma con il passare del tempo i miei dubbi si sarebbero chiariti. Il poco che riuscii a sapere sul signor Allard, poco prima che partisse per una destinazione sconosciuta, fu che era il capo della confraternita. Una fratellanza segreta nel mondo.

L'ultimo cacciatore

Passarono diciotto lunghi anni, di cui diciotto di formazione in ogni genere di cose che si possano immaginare. Non era rimasto nulla di quel quasi ragazzo del 1673. E non era un uomo pericoloso qualsiasi, era il cacciatore per eccellenza, un titolo della confraternita solitamente conferito a colui che superava tutti gli eletti in tutte le abilità. Questo titolo era nato migliaia di anni fa, fin dall'inizio delle civiltà, per muovere guerra a quei demoni e a quelle bestie che in qualche modo volevano seminare il terrore nel mondo. Il fatto è che in alcune parti d'Europa queste creature stavano guadagnando terreno e terrorizzavano i villaggi e in alcune città erano già note per il loro terrore notturno. A Londra, l'Inghilterra stava appena iniziando a credere a queste cose. Ma ovviamente la monarchia ne era a conoscenza da centinaia di anni, soprattutto perché era stata alleata dei vampiri (demoni fisici).

Il signor Allard morì nel 1677 in uno strano modo, una questione su cui avrei indagato in seguito. Brayton si occupò di addestrarmi in tutto e per tutto e fu l'ordine che mi autorizzò, all'età di 30 anni, a iniziare la mia missione: dare la caccia a queste cose ad ogni costo. In tutto il mondo c'erano circa 77 cacciatori, ma in particolare in Europa, dove queste cose erano per certi versi più radicate. Il papato inviò alcuni sterminatori in alcune parti della Spagna e dell'Italia, perché queste cose, come venivano chiamate i vampiri figli di Lucifero, erano così dilaganti che nemmeno al tramonto tutta l'Europa era in giro per le strade.

- Eri pronto anni fa. L'ordine ci ha messo troppo a darti il via libera, sei il migliore che abbia mai addestrato. Non avrei mai immaginato che quando ti ho visto, un moccioso, saresti diventato l'ultimo cacciatore dell'ordine, un titolo che solo uno su 100 anni porta. E spero che tu faccia un ottimo lavoro o la mia testa volerà via. - disse scherzando Brayton, che ormai stava diventando vecchio, ma era felice che il suo discepolo avesse superato di gran lunga il suo maestro, sì, colui che 28 anni fa aveva cessato di essere l'ultimo cacciatore. Non ho appreso questa informazione dalle sue labbra, ma da terzi una decina di anni dopo.

- Ero ansioso, amico mio, di poter finalmente andare in battaglia, non sai quanta gioia mi scorre nelle vene per cercare di fare giustizia", dissi. -Dissi. Ricordo ancora quelle parole come se fossero ieri. E sento ancora l'adrenalina salire.

Non più tardi di un mese ricevetti la prima missione dell'ordine proveniente dall'Italia, a Roma, e queste parole furono citate nello stesso modo in cui vengono lette:

"La sua missione, signor Howard, inizia a Parigi. La famiglia Martel, una delle più importanti di Francia, è in pericolo. E non una minaccia qualsiasi, sono in pericolo a causa di WOLFGANG, leader dei licantropi. Uomini bestiali simili a lupi con poteri bestiali. Il motivo di questa vendetta è che gli antenati dei MARTEL sono stati responsabili del quasi sterminio dei licantropi in Francia. Vogliono vendicarsi e non si fermeranno davanti a nulla, ora che lo sanno. Sarete accompagnati dal giovane Conrad, abbiate pazienza con lui".

- È tutto? - Chiesi a Brayton.

-Sì, purtroppo la confraternita è molto riservata nel fornirvi tutti i dettagli, ma non preoccupatevi, per questo mandano il giovane Conrad, non lo conosco personalmente, ma vi assicuro che sarà di grande aiuto.

- Chi è questa potente famiglia in pericolo?

- Non la conosco, ma probabilmente sono persone vicine a Luigi XIV. -Fate molta attenzione a Wolfgang, è il re dei licantropi, una bestia quando si trasforma, nessuno è mai riuscito a capire che faccia abbia quando non è trasformato. Molti pensano che sia qualcuno di importante nel governo della Francia o dell'Inghilterra, ma sono solo supposizioni. È così potente che ha quasi sterminato i vampiri, o meglio i figli di Lucifero. Ricordate, non dimenticate le frecce d'argento e altre cose. Non si sa mai cosa si può incontrare nel buio.

- Ora che ricordo, mi hai detto qualcosa su quel capo dei licantropi, a cui all'epoca mi rifiutavo di credere. Non preoccuparti, starò attento... Anche se, a dire il vero, con tutte le bestie con cui mi sono esercitato in questi anni, in qualche modo mi sento sicuro di essere in grado di abbattere chiunque di loro.

-Sottovaluti sempre il tuo nemico Howard. Non sei mai cambiato, ma comunque, dopo che ti avranno cavato un occhio, non dire che non ti avevo avvertito, ragazzo senza barba. -Rispose ridacchiando, cosa che non era tipica del vecchio Brayton. Dopo un paio di risate andarono entrambi a cena e fecero l'ultima passeggiata sulla collina.

Uno strano incontro

13 settembre 1691, Howard e il giovane Conrad vengono inviati alla residenza della famiglia Martel in una località sconosciuta vicino a Parigi. Gli anni di addestramento sono finiti, ora inizia la caccia. Dieci anni durano solo per chi detiene il titolo di ultimo cacciatore, quindi lo attendono infinite avventure, se il destino glielo permette, o meglio, i nemici che sicuramente si farà lungo il cammino. Accompagnato da un giovane frate di nome Conrad, percorrerà i 450 chilometri da Parigi all'Inghilterra e probabilmente raggiungerà la meta in circa 15 ore senza fermarsi. Entrambi sono in sella a potenti cavalli su sentieri poco battuti, ma la confraternita è chiara: vogliono sbarazzarsi di Wolfgang a ogni costo, e forse secondo alcuni indizi dovrebbe trovarsi da qualche parte a Parigi quando non è trasformato.

- Qual è la tua funzione, ragazzo? - chiese Howard, mentre l'altro cavallo sfrecciava a circa quaranta chilometri all'ora attraverso i vuoti del bosco.

- Mi hanno parlato di lei, giovane Howard. Vi aiuterò in ogni modo possibile". - rispose alacremente e poi aggiunse. -Inoltre, ho qui con me ogni tipo di arma per uccidere quei demoni che chiamano vampiri.

-Preferisco lavorare da solo. Quindi tieniti a distanza, ragazzo, non voglio ferirti con una freccia d'argento...", rispose mentre stringeva gli speroni e accelerava il cavallo, lasciandosi subito alle spalle il giovane Conrad, che non aveva più di 25 anni. Era un frate che si era formato alla scienza fin da ragazzo, come altri giovani della stessa condizione di Howard, orfani o abbandonati al loro destino. Le miglia scivolarono via e finalmente raggiunsero il confine di Parigi a notte fonda.

- Conrad Come diavolo facciamo a scoprire dove vivono i Martel?

- Non preoccuparti Howard, l'ordine che ho ricevuto è di rimanere vicino alla proprietà dei Martel attraverso i boschi. Non sanno che siamo qui, né lo sanno i nemici che vogliono ucciderli. Ho la posizione in testa, vieni con me. -mormorò e poi scesero dalla piccola montagna verso la sfarzosa città di Parigi nel 1791.

-Penso che sia un po' pericoloso andare dove vivono a quest'ora. Potremmo fermarci in un albergo per la notte. - Conrad aveva fatto la sua proposta.

-No, se vuoi restare, fallo. Mi dica solo dove si trova quella proprietà.

- Va bene! Se dovesse succedere qualcosa di insolito, non dica che non l'ho avvertita. -rispose l'assistente, un po' preoccupato di addentrarsi nella foresta di conifere.

Era circa mezzanotte e la città di Parigi era già deserta, non si vedeva anima viva per le strade, e tutto era frutto della paura e della paranoia che queste cose stavano causando da un decennio quando irrompevano in alcuni villaggi e città. La strada che entrambi imboccarono conduceva alla villa dei Martel, una delle cinque famiglie più potenti di Francia, che negli ambienti dell'alta società si diceva fossero i veri sovrani del regno e non, come Luigi XVIII avrebbe voluto farci credere, solo un'altra marionetta della corona. Howard e Conrad trascorsero un paio di giorni in cui non accadde nulla di eccezionale. Per perdere tempo iniziarono a piazzare trappole in tutta la foresta vicino alla residenza dei Martel, che era gigantesca e protetta da un muro di cinta per sicurezza. Misero decine di croci con aglio e paletti. E alcune reti con corde. A Howard non piaceva molto, perché si annoiava sempre. Al massimo si augurava di dover cacciare una di quelle cose che probabilmente erano in giro di notte nei villaggi vicini.

-È così noioso", aveva sussurrato Howard, "Per quanto tempo resteremo qui, Conrad? Non voglio passare altri 18 anni senza fare nulla di utile", disse il cacciatore con un brontolio.

- Non puoi parlare così, ricorda, noi dobbiamo fedeltà all'ordine e i suoi ordini devono essere sempre obbediti. - disse il frate mentre faceva croci con le aste e le legava dietro la schiena, Howard rispose accigliato:

- Non mi è mai piaciuta la cosiddetta fratellanza. Perché sono così chiuse che non so nemmeno dove si trovino e chi ne sia il responsabile. Non voglio parlare male, ma probabilmente nemmeno voi li conoscete, se non per lettera. E sinceramente non mi piace. Tutti rischiano il culo, tranne quei tipi, ma, in ogni caso. -disse il cacciatore.

-Se venisse ascoltato dal Consiglio Howard, verrebbe immediatamente licenziato, perché questo è parlare male della Fratellanza e potrebbe essere accusato di tradimento. È meglio che non lo dica più, non si sa mai dove ci sono le orecchie....

- E glielo dirai...? - domandò Howard in tono minaccioso.

- Come si fa a pensare, ovviamente non lo farei mai, bisogna solo, sai... aspettare un po' di compostezza.

Howard era in grado di annientare facilmente qualsiasi uomo, cosa che aveva fatto in innumerevoli occasioni quando era stato messo alla prova da Brayton su determinati sentieri e strade. Tutti gli uomini annientati erano ovviamente persone indesiderabili. Howard a un certo punto pensò di scappare, la sensazione assillante di sentirsi solo a 26 anni e il fatto di vedere che la maggior parte dei suoi coetanei si sposavano gli faceva sentire un vuoto esistenziale. Ma presto cambiò mentalità e si concentrò solo sul suo destino: uccidere quelle cose. Non aveva motivo di scappare, non c'era una famiglia che lo aspettava a casa e nemmeno un amore per cui combattere, così finì l'addestramento senza pensarci più. Non c'era niente da fare, la sua mentalità era stata forgiata nel combattimento e non conosceva altro che quel mondo.

Una sera, prima di entrare in servizio, i due parlavano di tutto e di niente:

- Sai come sono nate queste cose che vogliono conquistare il mondo? gli chiese Conrad mentre gustava uno stufato di patate e carne che aveva preparato lui stesso. Howard non disse nulla per un momento, ma poi pronunciò....

- So solo quello che mi è stato detto, che... sono in giro da migliaia di anni e in qualche modo sono sopravvissuti per fare le loro cose, ma c'è sempre qualcuno che riemerge e li tiene a bada. -commentò guardando la luna piena che a tratti era visibile all'orizzonte, mentre le nuvole la coprivano e la scoprivano.

-Voi cacciatori non capite tutta la storia", disse il vice sceriffo. -Howard lo guardò incredulo e gli fece cenno di continuare.

- Non aspettatevi nulla, andiamo...

- Se me lo chiedete, vi racconterò rapidamente un po' di quello che ho sentito di prima mano; da qualcuno che ha infranto il protocollo e mi ha raccontato molto di quello che succede davvero.

"Migliaia di anni fa, all'alba dell'umanità dopo il diluvio, c'era una razza di angeli caduti che si accoppiò con alcuni maschi dei Cananei, da cui nacquero maledizioni abominevoli come i lupi mannari. Dalla parte degli Egizi, più di settemila anni fa, cadde un gruppo da cui nacquero quelli che vengono chiamati vampiri o demoni fisici. Queste due stirpi sono state acerrime nemiche per migliaia di anni, poiché entrambe volevano il controllo della terra. Un tempo i vampiri dominavano e controllavano i re dall'ombra, ora la situazione è cambiata, i licantropi sono diventati così potenti da aver quasi "sterminato" i vampiri in Europa. La confraternita è nata 50 anni dopo queste creature per fermarle ed è allora che è stato introdotto il titolo di ultimo cacciatore. E anche se non stentate a crederlo, l'ultimo cacciatore più efficiente della storia è stato la prima stirpe diretta dei Martel ed è per questo che la furia del loro capo da migliaia di anni, Wolfgang, vuole cancellare la stirpe. Non so fino a che punto la Confraternita abbia rapporti con loro, sappiamo solo che non devono essere uccisi a nessun costo, per questo siamo qui a guardia della loro residenza. Nessuno finora è riuscito a ritrarre Wolfgang come hanno fatto con il presunto capo dei vampiri: Strocker, ed è stato uno dei cacciatori a ucciderlo, presumibilmente nel 1200 C.E....-.

Conrad stava ancora contando quando all'improvviso il rumore del galoppo dei passi di una coppia di cavalli che si affrettava verso il castello dei Martelli li mise in allarme. Howard afferrò immediatamente la sua balestra con venti piccole frecce automatiche e corse verso la stradina. La luce della luna illuminava il varco e i cavalli apparivano a velocità sostenuta, dando origine a una scia polverosa; su di loro c'erano due persone che stavano scappando da qualcosa, ma da cosa?

- Santo cielo! - esclamò Conrad con evidente paura sul volto, "no! Sicuramente è una bestia di Howard".

L'ultimo cacciatore attese e puntò la balestra dietro i cavalli in attesa di qualsiasi cosa arrivasse all'inseguimento di queste persone che non erano riconoscibili come femmine o maschi poiché indossavano una specie di scialle medievale. Non passarono più di dieci secondi quando apparve: la bestia. Tutto era giusto, la luna piena era la causa scatenante di queste cose diaboliche. Un lupo mannaro si stava avvicinando a una velocità impressionante, forse se nessuno avesse fatto nulla quella cosa avrebbe raggiunto e distrutto chiunque avesse tentato di fuggire, perché l'ingresso del castello, nonostante ci fossero due torri di guardia che vigilavano, non sarebbe stato notato in tempo per aprirle. Howard lanciò senza pensarci una pioggia di frecce dalla punta d'argento che trafissero parti del corpo della bestia, ma incredibilmente questa non si fermò e continuò a raggiungerlo. Howard fu impressionato dalla resistenza del licantropo all'argento, quindi corse lungo il sentiero che portava alla strada a velocità sostenuta mentre cercava di colpire il lupo, che stava per perdere la strada a un bivio, quando una freccia colpì esattamente il tendine d'Achille della creatura e la fece cadere a terra.

Non ci volle molto perché la cosa morisse e diventasse ciò che era: un uomo che portava la maledizione, un cananeo. Infatti, una persona che fosse stata morsa da un lupo in un giorno di luna piena si trasformava soltanto, ma non ereditava la resistenza anomala che avevaquell'esemplare, per cui gli originali erano molto indietro.

- Guardate Howard! Gli avete dato tutto il carico della balestra con la punta d'argento e non siete riusciti a fermarlo, incredibile! -aveva esclamato l'aiutante in mezzo alla strada polverosa.

-Strano, quello che è anormale è la loro resistenza, ma non importa, saranno cacciati uno per uno.

Prima che avesse finito di dire questo, gli uomini spuntarono da entrambi i lati della strada e puntarono archi e spade contro Howard. La luna piena illuminavacosì tanto l'intera scena che si potevano persino vedere i loro volti tintinnare nella luce.

Signorina Martel

- Lasciateli", si è sentita dire da una voce di donna che si è avvicinata al luogo e dopo un attimo è stata vista emergere dal ciglio della strada; con lei sono arrivati un paio di uomini, tutti armati.

- Chi siete voi stranieri e cosa diavolo ci fate qui? Non vi rendete conto che è estremamente pericoloso e che state violando il decreto del re di non uscire di notte?", domandò autorevolmente.

- Mi chiamo Howard, siamo stati mandati a caccia di queste creature.

- Per ordine di chi, signor Howard? - chiese ancora la ragazza.

- Per la Confraternita", aveva confessato Conrad, "l'ordine ci ha mandato una giovane donna e ci ha detto di restare in questo posto, sicuramente lei deve essere Beatrice Martel, e mi permetta di farle le condoglianze per suo fratello", aveva aggiunto il frate, stupendo Howard che non lo sapeva nemmeno.

-Sì, l'ordine", mormorò Beatrice esitante, mentre il suo volto cambiava in uno più serio. Poi ordinò immediatamente a tutti di dirigersi verso il castello, compresi loro due.

-Grazie per il regalo", disse sarcasticamente a Howard mentre sussurrava tra sé e sé, "non c'era bisogno di ucciderlo, lo volevamo vivo". - disse la donna, Howard non disse nulla e li accompagnò nel castello di proprietà dei Martel.

-Portate del cibo per i nostri ospiti", aveva ordinato la signorina Beatrice alla servitù del locale, mentre Howard e

Conrad si accomodavano in una sorta di sala, un luogo piuttosto elegante e lussuoso, con dipinti in stile barocco piuttosto fuori dal comune per ciò che rappresentavano: lupi mannari e sinistri vampiri che combattevano tra loro, e in alcuni altri giacevano braccati e decapitati. C'erano anche armi medievali di ogni tipo, tra cui pali, balestre e lance d'argento. Questo indicava chiaramente che la famiglia Martel era stata un baluardo della resistenza per millenni, una famiglia che aveva combattuto contro il male da tempo immemorabile, e forse era per questo che la maledizione dei licantropi e dei vampiri aveva in qualche modo scoperto chi era rimasto di quella stirpe ed era determinata a eliminarla una volta per tutte, dal momento che ne conosceva i segreti, i luoghi e i modi per trovarli più velocemente della maggior parte delle persone. Howard, invece, fu subito catturato dalla bellezza di Beatrice: una bellezza spettacolare, con capelli d'oro e un viso dolce, ma chiaramente era solo in apparenza, questa signora era chiaramente una cacciatrice esperta e forse cinque anni più giovane di Howard.

-Potete lasciare gli antipasti e andare", ordinò ai suoi servitori una volta che tutto era stato portato dentro.

- Quando li ha mandati la Fratellanza? - chiese ancora, rivolgendosi a entrambi.

- Abbiamo 3 giorni. -rispose l'assistente mentre assaggiava alcuni biscotti. Howard lo guardò con disgusto, poi commentò:

- Stavano cacciando? Allora perché ci hanno mandato qui, se dovevano essere in pericolo? - si domandò l'ultimo cacciatore, un po' infastidito al suo interno, non gradendo l'idea che a una famiglia, solo perché ricca e influente, venisse riservato un trattamento speciale, a differenza dei tanti che erano là fuori esposti a questi pericoli.

-Tutta la mia famiglia appartiene da secoli alla confraternita", disse, indicando alcuni ritratti sullo sfondo che mostravano uomini evidentemente della sua genealogia che avevano fatto parte dell'ordine. Poi aggiunse. -Lo so dalla storia della famiglia, ma a dire la verità non ho mai interagito con la Confraternita, so solo che esiste nell'ombra, e mi sorprende che li abbia mandati lui. Tutta la mia famiglia è stata uccisa dai vampiri più di vent'anni fa, quando ero solo un bambino. Mio fratello è morto un anno fa e quindi mi sorprende che lo abbiano scoperto.

-Me l'hanno appena fatto sapere, signorina", mormorò Conrad. -Non conosco i dettagli, mi hanno solo detto di farle le condoglianze, non so come lo abbiano scoperto.

Come è morto tuo fratello? -chiese Howard.

-Un anno fa stavamo attraversando la foresta, non era molto tardi, ma il sole era già tramontato. Quando siamo arrivati a una curva a gomito, loro erano lì.

- Loro?

- Siamo caduti in un'imboscata e tutte le guardie sono morte nel tentativo di proteggerci per portare me e mio fratello fuori da quel posto. Purtroppo, mentre stavamo scappando, una di quelle cose ci raggiunse e fece cadere mio fratello da cavallo..., io non riuscii a scendere a causa dell'inerzia del cavallo e vidi da lontano come lo uccisero. Non riuscirono a raggiungermi di nuovo perché mi rifugiai nel castello e loro avevano paura di entrare perché avevamo un modo per difenderci. Mesi dopo ci siamo resi conto che i licantropi li stavano sterminando in molte parti d'Europa. In un certo senso ho gioito, ma nel profondo quell'incubo mi perseguita. Sono l'ultima della mia famiglia. - Confessò, mentre una certa malinconia si insinuava sul suo bel viso che fece persino sentire Howard attratto da lei per qualche istante, anche se ovviamente lo faceva in modo subdolo, ma la stava guardando.

-Mi dispiace tanto, Beatrice", commentò Howard quando fu interrotto dalla sua compagna.

- E perché volevano un licantropo vivo, signorina?

-Non sono più come una volta", ha detto. Sono molto più duri ora, è come se si fossero evoluti, o non so cosa sia". -Aveva confessato, lasciando entrambi di stucco.

-Te l'ho detto Conrad, quando ho sparato l'intero carico d'argento dalla balestra, mai prima d'ora un licantropo era sopravvissuto a tre e ora anche con quindici non potevo fermarlo finché non l'ho colpito al tallone d'Achille e il resto lo sai.

-Affermativo, caro amico.

- Allora lo sanno", mormorò Beatrice.

-Ho già cacciato lupi in passato, ma non erano resistenti come quello qui, ecco perché ha attirato la mia attenzione così profondamente. Non credo che sia il luogo, sono sicuro che sia più probabile che sia un...

- Di cosa? -rispose lei.

-Conrad rispose per Howard e disse:

-Gli originali, Miss.

- Cosa stai cercando di dirmi?

-In breve, i licantropi provengono da Canaan migliaia di anni fa e i vampiri dall'Egitto circa sette anni fa. Quello che voglio dire è che questi sono molto probabilmente gli originali, e ovviamente sono molto più potenti, e la loro resistenza è forse dovuta all'incredibile rigenerazione che possiedono, ma quando sempre più argento entra nel loro flusso sanguigno, ovviamente causa un crollo del loro sistema che porta alla morte. Ma ce ne vuole di più e quindi è un potenziale pericolo per chiunque.

Meno male che, a differenza dei vampiri, i licantropi non possono scegliere chi trasformare, altrimenti saremmo già stati invasi da tempo da queste creature molto più potenti e selvagge dei demoni vampiri. -Conrad confessò, stupendo Beatrice e persino Howard, che lo guardò di traverso per non avergli detto tutto.

- Perché non rimani qui? - Beatrice propose: "Mi piacerebbe che tu venissi con me domani, andiamo a caccia, abbiamo individuato alcuni sospetti che potrebbero essere licantropi. Domani ci sarà la luna piena, altrimenti dovremo aspettare un'altra settimana perché il cielo si coprirà presto di nuvole e sarà così per un po'", aveva affermato alzandosi dalla poltrona e augurando loro la buonanotte, non prima però di aver guardato per qualche secondo in modo sornione il viso virile di Howard che l'aveva anch'esso affascinata.

-Puoi contare su di noi", disse Conrad mentre gustava dei biscotti con una bella bevanda calda. Howard non la pensava così, ma erano già lì e sarebbe stato molto meglio iniziare la caccia una volta per tutte, e cosa migliore: al fianco di una principessa.

La trasformazione

Il giorno dopo, un gruppo di 30 uomini che avrebbe accompagnato Beatrice a cacciare i lupi mannari preparò le armi, alcune d'argento e ovviamente alcuni moschetti che utilizzavano polvere nera. I licantropi erano soliti apparire terrorizzando alcuni villaggi della Francia e lasciando morti dappertutto, un aspetto di cui il governo non si è mai assunto la responsabilità né ha mai inviato la sicurezza.

Era la notte del 3 ottobre 1791 quando Conrad e Howard, e ovviamente la signorina Beatrice, si misero in viaggio. La loro destinazione era la foresta nera che si estendeva dal nord della Francia fino ai confini della Germania. Per questo motivo, di giorno cavalcarono per ore prima di riposare e iniziare la caccia. Secondo Beatrice, le informazioni che aveva di prima mano erano che uno dei capi dei licantropi si trovava ai confini dei villaggi vicini alla foresta nera; Dagun, che in stato normale passava inosservato, ma con la luna piena si trasformava e dava libero sfogo alla sua malvagità e continuava a infettare le anime disagiate per portare a termine il suo piano di dominare il mondo e annientare nel frattempo la malvagia stirpe dei vampiri.

- Ci divideremo in tre gruppi", disse Beatrice, portando con sé una spada leggendaria che aveva fatto parte del primo Martel agli albori dei Sumeri. Howard notò il simbolo visibile sull'elsa. Era il simbolo di un leone nero che tutti avevano tatuato con ferro rovente sul petto.

- Come vuole, signorina. -indicò uno dei suoi. Howard e la sua natura riluttante gli impedirono di seguire gli ordini. Li ignorò immediatamente e lui e Conrad si spostarono all'inizio della foresta nera, mentre i tre gruppi dietro di loro si divisero per setacciare le zone vicine ai villaggi, nel caso in cui le bestie fossero uscite quella notte di luna piena. Bestie che in branco rappresentavano una potenziale minaccia. Erano in grado di divorare piccoli villaggi medievali. Si distribuirono tutti in punti strategici del villaggio più grande che avrebbero potuto attaccare. La luna in alto illuminava l'intera foresta e il villaggio di circa tremila anime. Un villaggio di case di legno e qualche attività commerciale come fabbri, bancarelle di verdure, sementi e carne; una comunità tipica di quei tempi.

-Quell'uomo è molto testardo, non ha voluto obbedire ai miei ordini", si lamentò Beatrice con rabbia, stando in piedi su una piccola collina che dominava il villaggio, in attesa di un qualsiasi indizio o altro al loro apparire.

- Certo! Quell'uomo è strano. Non voglio sembrare complottista, Beatrice, ma non ho un buon presentimento su di lui.

- Non preoccuparti Didier! Vediamo cosa riuscirà a fare quando si presenteranno davanti a noi.

Non ci volle molto, quando verso le 12.30 apparvero, ma non come previsto....

-È un'imboscata. -Si sentirono le voci del secondo e del terzo gruppo di coloro che accompagnavano Beatrice che venivano attaccati da qualcosa. Alcuni dal lato ovest e altri dal lato est, dove erano in attesa nelle loro posizioni. C'era confusione. A tratti si sentivano colpi di polvere da sparo dai moschetti e grida di panico da tutte le direzioni che spingevano gli otto che accompagnavano la ragazza a chiedersi a chi rivolgersi per chiedere aiuto.

- Che diavolo sta succedendo Beatrice? - gli uomini accanto a lei e a lei si sentivano gridare disperati e lei non aveva risposta, perché non era mai successo prima. Alcuni brandivano le loro lance dalla punta d'argento, altri le loro balestre e i loro moschetti: qualcosa si nascondeva nella foresta e stava divorando gli uomini che si disperdevano e fuggivano nell'oscurità della foresta.

- Cosa facciamo Beatrice? - gridò Didier, con l'aria di voler fuggire nel villaggio, ma da quella parte si sentivano anche urla di terrore di persone che fuggivano da ogni parte. Qualunque cosa fosse quella o quelle cose che stavano attaccando, sapevano della sua presenza.

- È un branco di lupi mannari! - esclamò Howard con la balestra in mano uscendo da un gruppo di alberi e Conrad lo seguì con un piccolo moschetto in mano.

- Ma come facevano a sapere che eravamo qui? -Tu sei sicuramente un traditore", mormorò Didier in tono basso, mentre gli altri puntavano le pistole alla testa dei due uomini.

- Potete pensare quello che volete, ma molto probabilmente quelle cose si sono accorte della nostra presenza molte ore prima. Non dimenticate che hanno l'aspetto di persone normali quando non sono trasformate, quindi chiunque potrebbe essere stato e averne dato notizia.

-Ragazzi, ha ragione. Mettete giù i moschetti. L'unica cosa che possiamo fare ora è andarcene da qui, quanti erano gli Howard? - gli chiese Beatrice, mentre gli altri lo guardavano ancora con diffidenza e sospetto.

-Non lo so, ma ce n'erano molti", rispose Conrad. - Eravamo sopra alcuni alberi giganti quando all'improvviso apparvero quelle cose come il vento, e probabilmente anche in altri tratti c'erano quelle cose e fu allora che cominciammo a sentire le urla dei vostri uomini, e in quel preciso momento Howard scese con la balestra in mano e io lo seguii. Sapevo che era un suicidio perché un branco rappresenta un pericolo terrificante, ma lo seguii. Arrivammo troppo tardi, i lupi li avevano divorati e non si fermarono lì, proseguirono verso il villaggio, ma probabilmente un paio di loro rimasero a inseguire gli altri che fuggirono nella foresta e quando furono uccisi ci imbattemmo in loro e...

-Basta con le spiegazioni prolisse, Conrad", lo rimproverò Howard, "se dubiti di noi, verrò con te a vedere come sono stati lasciati i due licantropi in mezzo ai loro cadaveri". - disse. Dopo di che lo fissarono tutti con stupore e credettero. Nessuno sano di mente sarebbe andato nella foresta a vedere cadaveri di licantropi. Evidentemente il nemico era qualcun altro.

- Dobbiamo andare ad aiutarli", suggerisce Beatrice disperata, "se non li aiutiamo, finiranno il villaggio, i bambini e...

- È un suicidio. Proprio dove eravamo noi; ne sono passati non più di venti", disse Howard, "sai quanti sono venti? È solo questione di tempo prima che sentano il nostro odore, è meglio che corriate velocemente, prendete i cavalli e uscite da questo dannato posto, arriveranno",

-E cosa farete?", chiese Beatrice esitando a considerare la proposta.

-Ho già avuto a che fare con queste cose, è molto più facile cavarmela da solo che stare attento se ti succede qualcosa, non dimenticare che la mia missione è quella di proteggerti a tutti i costi, quindi ascoltami e vai, Conrad ti accompagnerà, andiamo! Non perdete tempo. - ordinò energicamente Howard guardando la bella donna da sopra le sue spalle. Le urla di terrore si avvicinavano sempre di più, molte persone venivano divorate da queste creature che non davano tregua e non si sarebbero fermate per nulla al mondo finché la luna fosse stata in cielo. Era impossibile fermarle. Ci furono secondi in cui la donna si rifiutò, ma con tutto il suo orgoglio ferito alla fine accettò.

- Va bene! Lo farò solo perché se morirò oggi, il movimento di resistenza sarà finito e io sarò l'ultimo a organizzare tutto questo". -Confessò pochi secondi prima di partire con dieci uomini, tra cui Conrad, verso la foresta sul lato est, dove avevano lasciato i cavalli.

Howard era immerso nei suoi pensieri. Dentro di lui stava accadendo qualcosa, le lacrime gli scorrevano sulle guance, non sapeva in quel momento cosa gli stesse accadendo, ma guardava la luna piena con una certa malinconia, i suoi pensieri venivano coperti da un velo, dove il raziocinio se ne andava per far posto alla furia. Howard si stava trasformando in un lupo mannaro. Ma come era possibile? La risposta è molto semplice. Pochi minuti prima di arrivare in soccorso degli uomini di Beatrice avrebbe potuto facilmente annientarne uno con una pioggia di frecce d'argento, ma senza rendersene conto una bestia sbucò dal fianco e lo attaccò riuscendo a mordergli il braccio, anche se Howard si difese con la balestra riuscì a ferirlo e, lì sul suo corpo, lo uccise trafiggendolo con un coltello d'argento che era solito portare sempre sulla coscia tenuto da un fodero. Conrad, quando lo seppe, lo aiutò a toglierselo di dosso, ma sapeva che probabilmente avrebbe contratto la maledizione. Cosa che accadde a uno su mille. Howard gli chiese di ucciderlo con il suo moschetto, ma Conrad si rifiutò, disobbedendo al protocollo della Confraternita che prevedeva l'annientamento di chiunque fosse stato morso. Così convennero che sarebbe rimasto ad affrontare queste cose, sapendo di non avere un futuro promettente.

Howard iniziò a trasformarsi violentemente, il suo corpo di appena ottantacinque chili lasciò il posto a una bestia dalla furia incontrollabile, dove il ragionamento era entrato nel profondo della sua anima. Il corpo della bestia era dotato di una muscolatura potente e di un volto simile a quello di un lupo, ma molto più diabolico e temibile, con mascelle potenti in grado di rompere le ossa e, ovviamente, con una figura umanoide di circa un metro e ottanta. Ora che Howard era preso da una rabbia incontrollabile, il suo olfatto gli disse che c'erano cose come lui che si muovevano molto al di sotto della collina dove sorgeva la città. A rotta di collo, il possente licantropo che una volta era Howard si diresse verso il villaggio, pronto a... fare ciò che qualsiasi licantropo avrebbe fatto: uccidere, uccidere, uccidere chiunque si fosse messo sulla sua strada.

Quella notte Breatice e gli altri, compreso Conrad, uscirono sani e salvi dalla foresta maledetta, mentre il villaggio veniva devastato senza pietà. Incredibilmente Howard cacciò un gran numero di quei lupi nel corso della notte, purtroppo fu gravemente ferito quando affrontò Dagun il secondo, forse di Wolfgang, e lo uccise ma non prima di essere brutalmente attaccato dagli altri, e poi quando la luna tramontò fu lasciato a terra in mezzo al villaggio mentre una leggera pioggia gli inzuppava il viso. Ma grazie a un destino "miracoloso" fu salvato da uno strano uomo che lo portò lontano da lì prima che un contingente del re Luigi XV arrivasse venti ore dopo, per trovare una città fantasma, completamente rasa al suolo, e corpi tutti smembrati e altri mai apparsi. Quella notte perirono più di tremila anime e un resto di forse meno di cinque divenne la maledizione: i licantropi tra cui Howard. Un attacco di quella portata non era mai avvenuto prima. Era un messaggio forte: era solo questione di tempo prima che i licantropi dominassero la terra.

- Chi sei? Dove sono? - balbettò Howard, aprendo a malapena un occhio. Il suo corpo era completamente lacerato dopo una brutale battaglia con le sue controparti.

-Non importa ora, ragazzo. -rispose lo strano tipo mentre gli porgeva un intruglio di piante misteriose. - Avanti, prendilo! Guarirà le tue ferite e le tue ossa. Se vuoi guarire, non resistere.

Howard passò venti lunghi giorni prima di rimettersi in piedi.

- Chi sei, perché mi hai salvato sapendo cosa sono?

- Perché sei semplicemente una vittima, Howard. - Di cosa stai parlando? Come fai a sapere il mio nome? Rispondimi", urlò il cacciatore all'uomo maturo che gli aveva salvato la vita.

-Ti confesserò qualcosa che potrebbe, forse, cambiare la tua intera prospettiva sulle cose. -Howard lo guardò con sospetto, non sapendo cosa volesse dire con quelle parole misteriose, ma cercò di calmarsi per ascoltare sul bordo della scogliera che era immersa in una giungla vicino alla Germania.

-La fratellanza che hai sempre sostenuto non è quella che credi, Howard. - Pronunciò quelle parole che colpirono profondamente il giovane cacciatore.

- Non capisco, cosa vuoi dire?

-La fratellanza che difendete è responsabile degli attacchi.

-Aspetta!

- Non interrompermi, voglio raccontarti tutto e poi potrai giudicare. - L'uomo maturo, che fino a quel momento non aveva detto il suo nome, nascondeva un segreto che avrebbe fatto molto male a Howard.

- Il signor Allard non è mai stato il leader della confraternita, era solo un inganno da parte sua, era solo un burattino, non ha mai avuto alcun potere e non conosceva nemmeno i segreti dell'ordine.

-Aspetta, cosa stai cercando di dire...?

-Che il vero capo della confraternita è cambiato quando il primo Mortel è morto tradito dal suo migliore amico. E sapete chi era l'amico che per anni si è finto un umano e non ha mai potuto sospettare del primo capo della ribellione: Wolfgang ai tempi dei Sumeri.

- Come fai a sapere tutto questo? Chi te l'ha detto?

- Sono sempre stato dietro l'ombra e desidero che tu annienti Wolfgang; ti aiuterò.

- Come mi aiuterai? -Howard rispose.

- È ora di dire a Howard la verità. Tua madre, sai perché non ha mai parlato di tuo padre? Tuo padre, non il padre dei tuoi fratelli.

- Solo perché non sono guarito al cento per cento, altrimenti la prenderei a calci in culo, signore. Sei pazzo. Perché parli così della mia famiglia? Come li hai conosciuti? Sei sicuramente una strega?

- Sapete perché Howard non è morto quando la peste ha colpito la maggior parte delle persone?

Il cacciatore era stupefatto, non sapeva come quello strano uomo di mezza età gli stesse raccontando tutta la sua vita.

-Questa è una follia, è meglio che me ne vada da qui... maledetto stregone....

-Il motivo per cui non sei morto a causa della peste che ha colpito l'Inghilterra e parte dell'Europa più di diciotto anni fa è che porti il mio sangue, Howard. -Lo strano uomo confessò con un tono forte, lasciando Howard con gli occhi spalancati per lo shock. - In altre parole, l'uomo gli stava dicendo di essere: suo padre. Una cosa inconcepibile per la mente di Howard, che aveva sempre odiato suo padre, che non aveva mai conosciuto.

- Mi chiamo Kirkang e sono uno dei primi vampiri a camminare sulla terra oltre seimila anni fa. Ma vi prego di non farvi un'idea sbagliata di me. Sono uno dei pochi di noi che ha scelto di disertare la confraternita di vampiri che fa la guerra ai licantropi, entrambi immersi in un incontrollabile desiderio di dominio del mondo. - confessò. - Howard se ne stava pensieroso, fissando l'orizzonte in una giornata nuvolosa.

-Come è possibile che se sono tuo figlio non sono un vampiro e tu sei qui nella luce che filtra attraverso le nuvole?

- Perché qualcosa si è evoluto in me, sono uno dei pochi che può resistere a questa quantità di luce senza morire, a differenza di molti altri. Hai ereditato il cento per cento delle capacità da noi, ma il tuo sangue è il mio sangue ed è per questo che le tue capacità, è per questo che Allard ti aveva scelto molto prima che tu te ne rendessi conto. Non ho mai potuto riavvicinarmi a tua madre, perché la Fratellanza era vicina e cercava di darmi la caccia, così sono dovuto fuggire lontano, molto lontano dall'Inghilterra.

-Non sai quanto ha sofferto la mamma, e non abbiamo mai avuto aiuto. È morta e..." disse il cacciatore sull'orlo delle lacrime.

-Perdonami Howard. Non sai quanto sia stato il mio martirio non vederti crescere come ho sempre desiderato. Ho amato tua madre come non mai, era la più speciale di tutte le madri che ho avuto. Voglio solo dirti che se mi permetti di...

- Basta con questo! Non sei mio padre, sei un impostore, posso solo dirti grazie per il tuo aiuto, ma preferirei che mi lasciassi lì a morire, sapendo che ora sono una bestia. -Pronunciando queste parole, Howard se ne andò, perdendosi presto in un bivio.

Howard se ne andò con il cuore ferito dopo aver sentito quelle verità, beh, se erano verità. Ma evidentemente sapeva che se quell'uomo fosse stato davvero un nemico lo avrebbe ucciso lì, in quella grotta buia. Ma fu esattamente il contrario: lo guarì e lo trattò come nessuno lo aveva trattato da tempo. L'ultimo cacciatore partì da Parigi alla ricerca del suo amico con la chiara idea che avrebbe dovuto stare lontano di notte per non fare del male a nessuno.

Howard contro Wolfgang

Dopo l'incontro con lo strano uomo che aveva affermato di essere suo padre, Howard resistette ancora qualche giorno prima di riapparire alla residenza dei Martel. In quel periodo di solitudine riuscì a riprendersi immediatamente grazie alle tre trasformazioni subite in quel periodo a causa della luna piena. A differenza della maggior parte dei licantropi, Howard con un cuore puro poteva almeno avere scintille di coscienza, che gli permettevano di prendere decisioni in momenti critici. Purtroppo, non era sempre così e spesso riusciva a ferire e uccidere persone innocenti. Qualche giorno dopo incontrò Conrad nel castello dei Martelli.

-Stai bene, amico", disse Conrad abbracciandolo.

-Credevo che foste stato assassinato", disse il frate sorpreso, "mi aspettavo persino di piangere per voi, e guardatevi, siete sano, ma come...?

-È una lunga storia, ora voglio chiederle qualcosa di Conrad.

- Avanti! Chiedete qualsiasi cosa.

- Una persona mi ha salvato dopo che ero stato ferito a morte dalla lotta contro Dagun e compagnia, l'ho ucciso, ma anche i suoi lacchè mi hanno quasi ucciso. Ero quasi senza vita ed ero stato de-trasformato, in quel periodo ho perso conoscenza e poi ho riaperto gli occhi all'interno di una grotta buia e umida. In breve, quell'uomo mi curò, e quello che mi disse dopo fu una follia. Sei sicuro di non sapere nulla di quello che ti confesserò ora? -disse Howard, afferrando la tonaca del frate, che sembrava spaventato.

-No, amico mio, qual è il mistero?

- Che il capo della confraternita è Wolfgang e che siamo sempre stati ingannati. E non è tutto, mi ha anche raccontato molta della storia che mi hai raccontato tu e fatti sui Martel, come il fatto che è stato uno dei primi ad affrontare la confraternita dei licantropi ed è stato quasi spazzato via. Poi si staccò dalla sua a causa dell'ambizione di dominare il mondo, cosa a cui era totalmente contrario, e una cosa che mi disse fu che era mio padre. Se fosse stato un nemico, non credi che mi avrebbe annientato lì? -Conrad cominciò a tremare dalla testa ai piedi, cosa che apparentemente sapeva.

-Mi hanno minacciato che...", borbottò mentre la sua voce veniva interrotta dalla paura.

-Sei un traditore, mi sono fidato di te e mi hai tradito....

-Per favore, non dire così. Non lo sapevo affatto, ma ho percepito una volta, vedendo il mio maestro, un vecchio documento in cui apparentemente si parlava di qualcosa del genere, anche se l'ho solo guardato velocemente e volevo essere incredula, sa! ci è stata inculcata la fedeltà di vita e di morte alla fratellanza; quindi è difficile credere se è vero quello che mi sta dicendo.

-Sei un maledetto traditore, sei tu che hai fatto la soffiata ai licantropi, ed è per questo che ci hanno attaccato nella foresta quando nessuno sapeva la nostra posizione, non ti sembra strano? - disse Howard guardandolo con sospetto e sollevandolo di un piede da terra.

-Giuro che non sono stato io, torna in te! Non fare stupidaggini, Howard, ti ho detto tutto sulla confraternita, che ti devo dire, nemmeno io sapevo queste informazioni. -Il cacciatore tornò in sé e si diresse verso l'uscita del castello quando il frate dietro di lui confessò:

- Gli sei piaciuta! Ha continuato a parlare di te per tutto questo tempo, in qualche modo era dispiaciuto per la tua perdita, sicuramente quando si renderà conto che sei viva, ha! Sai che potresti provare a...

-Howard non disse nulla e continuò a dirigersi verso l'uscita, ma ovviamente era rimasto estasiato da quell'informazione. Mai nei suoi trent'anni di vita aveva avuto la sensazione che una donna si fosse in qualche modo accorta di lui, e chi meglio di Beatrice, una principessa che chiunque avrebbe voluto avere.

La mente del cacciatore era indecisa su dove andare ora che era un mostro, un mostro fuori controllo con la luna piena. E non voleva fare del male a questa donna che stava diventando una persona speciale, anche se l'aveva vista solo un paio di volte. Quindi, l'unico modo per non fare del male a nessuno era nel profondo del bosco, lontano da lì.

Prima che facesse buio, il cacciatore stava già lasciando la città di Parigi lungo alcuni sentieri collinari. All'improvviso qualcosa lo mise in allarme e la sua balestra fu subito alzata e puntata sul petto di un uomo che emergeva da un boschetto.

- Chi diavolo sei? -chiese guardando di traverso l'incrocio di cespugli della giungla per assicurarsi che non ci fosse nessun altro. -Rispondete, cosa state facendo per seguirmi?

- Non preoccupatevi. Non sono un nemico.

Howard lo guardò con malizia, ma presto capì che le intenzioni dell'uomo non erano malvagie.

-Se non hai cattive intenzioni, perché mi stai seguendo?

- Voglio dirvi una cosa, non so se sia pericoloso stare qui fuori in mezzo al nulla, potremmo essere attaccati da qualsiasi nemico... perché non saliamo su quella collina per sicurezza?

- Ne dubito, dite quello che avete da dire.

-Va bene, voglio solo dirvi che il traditore, colui che ha avvertito i... coloro che si trasformano in bestie. Era uno di quelli che servivano nel castello dei Martel.

- Come fai a saperlo? -disse il cacciatore in tono minaccioso.

- Non mi è permesso parlare, spero che abbiate capito, ma il traditore è un individuo chiamato Didier, che lavora con la signorina Beatrice. Ero presente quando quel tipo si è incontrato con Wolfgang nella sala del consiglio di Re Luigi XV. - Dopo aver confessato quelle informazioni di vita e di morte, Howard si sentì come in una bolla onirica dove accadevano le cose più assurde, tradimento dopo tradimento. Nonostante l'uomo misterioso, Howard credeva. Non c'era motivo per non farlo, ma temeva di tornare indietro quella notte, perché quella notte c'era la luna piena e tornare nei confini di Parigi sarebbe stato un suicidio.

- Ringrazio chi vi ha mandato, è meglio che torniate in città", suggerì, "potrebbe essere troppo pericoloso addentrarsi in questa giungla".

-Non ho finito, ma... le informazioni che sto per darvi sono pericolose. So dove si trova Wolfgang, capo della confraternita e dei licantropi. -Mi aveva assicurato. - Quando finì di dirlo, Howard trasalì, cosa insolita per lui. E non esitò a farsi dire dall'uomo dove trovarlo.

- Mi porterai da lui?

- Questa è la mia missione, giovanotto, ma prima ti avverto che ti indicherò solo il luogo e l'uomo di cui stiamo parlando.

Temendo di diventare un lupo mannaro al sorgere della luna, Howard gli confessò di avere la maledizione e che dovevano sbrigarsi prima che diventasse pericoloso per l'uomo. L'uomo gli disse che Wolfgang si trovava in un cottage fuori Parigi, in una tenuta. E che la sua guardia era composta da non meno di dieci uomini. Senza perdere tempo tornarono in città. Nel cuore di Howard c'erano sentimenti contrastanti. Da un lato, sentiva che quella notte sarebbe morto cercando di finire una volta per tutte colui che chiamavano Wolfgang, potente capo dei licantropi e antico quanto la civiltà umana. Non aveva paura, ma provava nostalgia e malinconia per non aver conosciuto più emotivamente quella principessa chiamata Beatrice che era stata inchiodata nel profondo della sua anima. Ma la vendetta era più forte, non riusciva a contenere la sua furia, in qualche modo i colpevoli della morte di sua madre e dei suoi fratelli erano stati la fratellanza che aveva tanto difeso. Era giunto il momento di porre fine a tutto questo.

Tre ore dopo, con la luna che stava per sorgere, Howard si trovava su una piccola montagna di fronte all'enorme casa di Wolfgang con l'uomo che lo aveva portato lì.

-Devi andartene", suggerì Howard, "se ne uscirò vivo ti troverò e ti pagherò". -aggiunse.

-L'hanno già fatto, non si preoccupi, buona fortuna! - esclamò l'uomo mentre se ne andava.

Howard sapeva che la sua unica possibilità era quella di diventare un lupo mannaro una volta che la luna fosse al massimo della sua intensità. Nel suo corpo sentiva già il formicolio prima di trasformarsi. Ma poi il terrore lo colpì. Intorno a Howard apparvero cinque licantropi, tra i quali un uomo non trasformato: Wolfgang, il capo dei licantropi che nessuno aveva mai incontrato di persona.

-Pensavate che fossi stupido a permettere a degli estranei di avvicinarsi alla mia residenza. Ah! Un'altra cosa, il vostro caro amico ha dovuto ...... -L'uomo, che aveva un portamento incredibilmente elegante, osservò beffardo. Era di altezza considerevole e aveva un viso che non si sarebbe mai sospettato. Howard rimase sbalordito, non riusciva a credere di essere stato scoperto nonostante fosse abbastanza lontano dalla residenza. Lo addolorava profondamente il fatto che avessero ucciso quell'uomo innocente che lo aveva accompagnato e il cui corpo sarebbe stato sicuramente maciullato da qualche parte in quel luogo montuoso.

-Sei un dannato Wolfgang. Ti sei nascosto tra i nobili, vigliacco! È per questo che sei scappato. -Howard non mostrava alcuna paura, nonostante cinque lupi mannari, forse gli originali di Canaan, lo circondassero a circa cinque metri da lui, dietro un alto fogliame, in attesa del comando del loro padrone per divorarlo.

-Mi sorprende che tu conosca il mio nome. -Wolfgang", ammise Wolfgang, incredibilmente sicuro di sé e pieno di arroganza.

-Sono l'ultimo cacciatore, un titolo che mi ha dato la vostra confraternita maledetta e posso solo immaginare il perché. Volevate che in qualche modo finissi i vostri rivali, i vampiri. Ora so tutto, tutto torna. Durante la mia formazione, la maggior parte delle persone che ho sposato erano vampiri. Forse tutti cattivi, ma di recente ho scoperto che non tutti lo sono. Quindi a volte sacrificavi qualcuno dei tuoi per non far sospettare che il loro capo fossi tu; un licantropo che vuole conquistare il mondo e di recente lo hai dimostrato con Dagun, nel nord della Francia, spazzando via intere comunità di innocenti. Ma lascia che ti informi che l'ho già giustiziato. -Howard condannò Wolfgang, che era rimasto stordito dall'informazione. Non poteva credere che il suo braccio destro, Dagun, fosse stato ucciso da quel misero umano. Howard teneva in mano la balestra, chiaramente puntata contro l'uomo. La luna in alto stava entrando nella sua fase più luminosa, illuminando l'intera scena nella foresta di cipressi.

- Bene, bene, bene! - esclamò Wolfgang con indulgenza, - Chi l'avrebbe mai detto? Uno di coloro che sono stati addestrati dalla confraternita si rivela. Lei è uno sciocco. La Fratellanza ha lavorato in questo modo, sottilmente. Non so chi te l'abbia detto, ma è tutto vero. Io sono il capo, ed è il modo in cui i cacciatori ci servono senza mai sapere chi stanno servendo. -Disse sarcastico, mentre rideva e guardava la luna piena. Era solo questione di tempo prima che Howard si trasformasse. Wolfgang non se ne era accorto fino a quel momento; un errore che poteva costargli caro.

- Sarà un piacere appendere la tua testa sopra l'ingresso della città, bastardo! - aveva osservato il cacciatore.

-Prima che il tuo segreto rimanga in questi boschi, posso sapere il tuo nome? - chiese il licantropo, con il volto molto più serio di quanto non fosse all'inizio. E questo significava solo una cosa: che era solo questione di secondi prima che si trasformasse.

-Howard.

- Incredibile! Peccato che la tua tomba sarà qui vicino alla mia residenza, nel bel mezzo del nulla. Non ti permetterò di contrarre la maledizione se sei ancora vivo, sarai mangiato e smembrato immediatamente. -dichiarò in tono aggressivo. Iniziò ad avanzare verso Howard, ma qualcosa lo fermò.

-Aspetta Wolfgang, prima di ucciderti voglio che tu sappia una cosa. Hai visto quanto è bella e intensa la luna, non credi che sia sufficiente per trasformare una bestia in? - Howard gridò mentre il suo corpo si trasformava, lasciando Wolfgang in uno stato di shock e incredulità. Il cacciatore scatenò la sua maledizione e si trasformò in un potente licantropo. Wolfgang fece lo stesso e si scontrarono in una colossale battaglia tra due titani. La battaglia durò un paio di minuti, quando, con grande sorpresa di Wolfgang, Howard stava guadagnando terreno su di lui; a quel punto entrarono i cinque che accompagnavano il capo dei licantropi e cominciarono a picchiare Howard, ferendolo ogni volta, mentre il suo corpo impattava e rompeva gli alberi. Sapendo che non gli restava molto tempo, decise il suo ultimo piano, ma proprio in quel momento apparve lui. Sì, il padre di Howard, il potente vampiro Kirkang, e con lui un manipolo di vampiri pronti ad aiutare Howard, che in quel momento aveva riacquistato un po' di sanità mentale. I licantropi andarono in estasi brutale e si lanciarono immediatamente contro i vampiri, scontrandosi in un assalto feroce e sanguinario.

-Howard, esci di qui! C'è una legione di licantropi che sta venendo da questa parte, forza, è meglio che tu corra figlio mio! -Esclamò il vampiro, "È il tuo turno di vivere, cercheremo di occuparci di loro, vai! Incontra Beatrice e sii felice". - Disse mentre le rivolgeva un ultimo pensiero telepaticamente. -L'unico modo per tornare umani è unire il sangue di un vampiro con quello di un lupo mannaro puro e iniettarti nel cuore della notte con la luna piena, tu sei mio figlio e ora tocca a me pagarne il prezzo.

Dopo quelle parole Howard si perse nel profondo della vasta foresta di cipressi verso una destinazione sconosciuta. La legione di Wolfgang fu annientata, ma purtroppo con lui anche il padre di Howard, che giaceva morto accanto al cadavere del tiranno mentre i raggi della luna li illuminavano. Fu una scena epica in cui entrambe le legioni si affrontarono nella battaglia finale e da cui pochi uscirono vivi.

In seguito, i licantropi, senza un leader potente come il malvagio Wolfgang, cominciarono a disgregarsi nel tempo e nel 1900, anno in cui racconto questa storia, io Howard, la confraternita è scomparsa e ora la confraternita dei vampiri che ha seguito gli ideali di mio padre è riuscita a tenere testa a loro e ai vampiri malvagi che ancora vogliono emergere dall'ombra.

Non avrei mai potuto avere una vita felice con Beatrice, finché avrei potuto solo guardarla da lontano senza che lei sapesse di me. Le mie lacrime scorrevano quando mi accorgevo che si era sposata e che i figli l'avevano seguita. Gli anni passano e io continuo a provare quella maledizione ogni notte di luna piena. Purtroppo, finora non sono riuscita a trovare un lupo mannaro puro e un vampiro di stirpe reale, nulla ha funzionato nel corso dei decenni. Quindi mi sono rassegnato e posso solo aspettare che il tempo faccia il suo lavoro. Ho fatto delle ricerche e, secondo gli scritti millenari della famiglia Martel, un lupo mannaro muore all'età di mille anni se non dimostra di avere il controllo su se stesso, cosa che io ho già fatto. Sono invecchiato e la verità è che mi sto ancora trasformando in una luna piena. Anche se tengo sotto controllo i miei impulsi selvaggi, di notte preferisco essere tenuta in catene dai miei assistenti, i cacciatori prossimi all'ultimo. Li ho istruiti affinché possano annientare i resti rimasti sulla terra. Didier fu giustiziato pochi giorni dopo la battaglia di Wolfgang. Di Conrad non si seppe più nulla. Mi pento ancora di averlo trattato così male e di averlo incolpato di qualcosa che non aveva fatto. In seguito scoprii anche che non fu mai l'Ordine a mandarmi a Parigi, ma mio padre fu responsabile dell'invio di quell'ordine "firmato dalla confraternita", e nello stesso modo in cui mandò me, ingannò Conrad. Non so ancora quali fossero le sue motivazioni, ma ripensandoci adesso, credo che sia stato meglio così.

Beatrice è morta più di ottant'anni fa e posso dire che è stata l'amore della mia vita, anche se non abbiamo mai potuto stare insieme. Qualche tempo dopo la mia partenza dalla Francia, ha capito che l'amavo. So che un giorno in cielo saremo felici. Il vostro amico Howard Rick. Londra 1924.

L'origine di Licantro

La guerra dei caduti

Come è nato tutto questo?

I Caduti e la loro maledizione

Dopo il grande diluvio, oggi chiamato diluvio, un secondo residuo di angeli caduti si rivelò nuovamente al suo creatore e scese sulla terra quando Sumer stava emergendo come la prima civiltà della terra. E quando Nimrod (Gilgamesh) era il più potente del mondo. A quel tempo la città di Eridu era la più importante del mondo e forse l'unica metropoli esistente. Lì scesero i caduti, un gruppo di bellissimi angeli che affascinarono le femmine umane e presto le presero per sé e iniziarono a generare esseri per loro. Nemrod, sapendo di non poter fare nulla contro di loro, li accolse e stabilì una legge: adorare il capo di loro, il cui nome era Licanktro.

Passarono alcune lune e qualcosa accadde all'interno della sostanza dei corpi che erano stati creati da questi angeli e che in precedenza avevano generato i nefilim, ma questa volta ai Sumeri nacquero dei figli che al plenilunio si trasformarono in esseri diabolici conosciuti inizialmente come licantropi o licantropi in onore della loro origine; il capo dei demoni che scesero nell'8.000 a.C. Questi esseri, che con la luna piena si trasformavano in esseri terribilmente pericolosi, flagellavano e uccidevano tutti coloro che incrociavano il loro cammino. La loro bestialità era così impareggiabile che persino i demoni materializzati li temevano perché erano così incontrollabili e potevano affrontarli solo quando tornavano nei loro corpi spirituali.

Nimrod (Gilgamesh) vide in esse l'opportunità di liberarsi dal giogo dei demoni materializzati che in qualche modo lo controllavano, pur essendo il re degli Stati sumeri.

Licanktro e il gruppo di 24 angeli caduti temevano in qualche modo che, continuando a procreare in modo incontrollato e a generare queste creature, avrebbero presto attirato l'attenzione dei celesti. Ma la passione per le femmine umane era troppo forte, e quella stessa passione li accecò finché un giorno un gruppo di angeli dal cielo scese con la missione di eseguire l'ordine di imprigionarli. Sapendo in anticipo che sarebbero stati giudicati, fuggirono nei cieli celesti, nelle dimensioni nascoste e non videro mai più i loro amati figli, quelli che chiamavano figli licantropi di Licanktro. Gli angeli portarono solo l'ordine di bandire dalla terra coloro che seminavano il male nel mondo, e di nuovo tornarono nei cieli.

Qualche tempo dopo, Nemrod cercò di controllare tutti questi uomini licantropi per dominare l'est e l'ovest, ma era impossibile controllare queste potenti bestie che con i filtri della luna diventavano così feroci da fare a pezzi gruppi di soldati all'interno dei palazzi e scatenare caos e terrore. In questo periodo di caos notturno, un giorno emerse il primo eroe dell'antichità: Martel il Giustiziere. Era un potente guerriero accadico, proveniente dal regno di Akkadia, che iniziò a dare la caccia ai licantropi, che chiamò lupi mannari per la loro morfologia umanoide, ma con una grande somiglianza con il volto di un lupo mannaro nero. Iniziò a dar loro la caccia ogni luna piena, finché non cominciarono a scomparire. Ma, ovviamente, si trattava di una tattica di qualcuno che, dietro le ombre, glieli nascondeva. Fu il primo guerriero che iniziò a scoprire le debolezze di queste creature demoniache.

Anni dopo si unì a un guerriero di nome Wolfgang per affrontare i licantropi. Ma sfortunatamente, quest'uomo che per cinque lunghi anni si è spacciato per amico di Martel era uno di loro: un licantropo e il figlio primogenito di Licanktro, leader della piccola ribellione che ha dato vita a questa razza ibrida e maledetta.

Quando gli angeli caduti vennero sulla terra e si crearono dei corpi fisici, qualcosa forse nel loro DNA mutò come una maledizione. Così generarono queste terrificanti creature che ogni notte si manifestavano e spargevano sangue in tutta la terra di Sumer e dintorni.

Wolfgang uccise il guerriero Martel vicino al fiume Eufrate, quando un gruppo di licantropi guidati da Wolfgang tese un'imboscata ai guerrieri di Martel e li uccise tutti. Secondo gli annali di alcune tavolette sumere, nel 7900 a.C. i licantropi si erano diffusi in oltre 1500 territori, rendendo Wolfgang, dietro le ombre, l'essere più potente del mondo, colui che ha insediato i re e li ha fatti cadere.

Ma qualcosa accadde nel 7500, quando un altro gruppo di angeli, che erano inimicizia con i primi scesi e che erano amici di Lucifero, scesero vicino al Nilo e questo gruppo era guidato da Varmkirus, un potente demone della dimensione Ajiruszerafine. In Egitto si fecero anche loro dei corpi e da essi cominciarono a generare esseri deformi con teste simili a quelle di un uovo, nello stile di Akhenaton, e poi deformarono di nuovo i loro corpi perché i loro figli non nascevano come volevano. Dopo un certo periodo di perfezionamento della loro materializzazione da corpi spirituali a corpi fisici, riuscirono nell'intento. Furono in grado di creare dei figli chiamati demoni o vampiri, che in seguito sarebbero diventati noti come vampiri. Ovviamente, anche questi esseri presentavano alcune mutazioni nelle loro cellule che li dotavano di particolari caratteristiche.

Questo gruppo giunse a Tebe e presto eliminò i faraoni e pose uno dei suoi come capo supremo. Immediatamente si accorsero che anche sulla terra c'erano dei darkspawn che volevano prendere il potere del mondo nello stesso modo. Non potevano permetterlo, perché solo Varmkirus desiderava controllare il mondo. La sua brama di potere era così grande che non gli importava di nulla, nemmeno di essere incatenato dai celestiali.

I vampiri avevano una caratteristica in comune: non potevano uscire al sole, che li colpiva a tal punto da polverizzarli, e quindi si nascondevano nell'oscurità per predare le loro vittime. Potevano nutrirsi solo di sangue e, per ovvie ragioni, preferivano quello umano. Potevano trasformarsi in demoni per affrontare i licantropi che possedevano un'enorme forza e potenza muscolare. Quando si trasformavano, i vampiri dall'aspetto umano crescevano ancora, ma con un aspetto diabolico e dalla pelle scura.

I primi scontri tra i due giganti ebbero luogo in Sumeria. Dove i licantropi guidati da Wolfgang iniziarono presto a eliminare il Vampirius. Furioso, il demone Varmkirus andò personalmente ad affrontare Wolfgang, sapendo di non essere all'altezza di un vero angelo e dei suoi servitori. Ciò che non aveva previsto è che in quella battaglia un demone pettegolo che si nascondeva nell'ombra della città di Sumeria, denunciò al cielo, nonostante il suo giudizio, che sulla terra c'era un gruppo di demoni che volevano controllare il mondo con la loro progenie, il Vampirius. A quell'incontro Wolfgang ovviamente non si presentò per paura di essere annientato. Ma gli angeli celesti arrivarono e Varmkirus fu imprigionato con i suoi angeli e mandato nell'abisso per la sua audacia, dove avrebbe trascorso l'eternità.

Temendo lo stesso destino, Wolfgang controllava le sue bestie per non rendere evidente il suo controllo del mondo. Pertanto, si nascose dietro le ombre e per migliaia di anni rimase a basso profilo dietro i troni dei re che controllavano, muovevano le pedine e muovevano guerra ai vampiri che si erano stabiliti in Egitto, la sua roccaforte. Ben presto cominciò a diffondersi. In alcune parti perse potere, ma in altre ne guadagnò, come nel caso del popolo maledetto di Canaan nel 4000 a.C.. Il popolo cananeo era diviso in diverse sezioni, ognuna con un proprio re, ma quando andavano in battaglia formavano un unico esercito.

Wolfgang fece uso del suo potere mistico e apparve come il dio Baal del Peggio ai Cananei, che credettero e iniziarono ad adorare quel falso dio. Ben presto Wolfgang sottomise i loro re sotto i palazzi oscuri e li uccise per insediare come re i suoi fratelli: lupi mannari che allo stato normale erano umani, ma che al chiaro di luna andavano a scatenare la loro malvagità sui villaggi e sulle tribù vicine, rendendo più grande il potere di Canaan.

Quando gli Israeliti lasciarono l'Egitto erano a conoscenza dei Valkirius o vampiri, ma nelle piaghe d'Egitto queste creature fuggirono in altri regni a causa del terrore che provocava nei loro primogeniti; l'angelo della morte che, come i primogeniti egiziani, perì, la sua progenie pagò in natura e nemmeno la sua forza riuscì a proteggerli. Furiosi con gli Israeliti per aver in qualche modo causato la loro tragedia, cercarono di vendicarsi nel deserto del Sinai pagando enormi quantità d'oro al re Amalek, e così gli Amaleciti radunarono i loro uomini e si precipitarono ad attaccarli attraverso le pianure del deserto. I Valkirius temevano la furia divina, così solo da lontano attendevano la notizia della loro vendetta. Ma purtroppo, lo stesso angelo della morte che custodiva gli Israeliti provocò una grande strage del nemico; furono quasi sterminati Amalek e quindi fuggirono dal deserto per rifugiarsi sulle montagne. Questo popolo di Amalek, che è conosciuto come maledetto, controllava le rotte del deserto del Sinai, erano uomini malvagi che attaccavano i più deboli e uccidevano per piacere, rubando, uccidendo e violentando. Ed era la stessa cosa che volevano fare agli israeliti. I Valkiruis si rassegnarono impotenti e non tentarono mai più la vendetta, perché sapevano che avrebbero pagato a caro prezzo la loro audacia.

Dopo qualche decennio, il popolo di Israele entrò nelle terre cananee e incontrò gli abomini: i figli di Wolfgang che li terrorizzavano nelle pianure della siepe di Moab. Finché uno dei loro giudici, stanco delle continue atrocità commesse da branchi di queste creature, che evidentemente erano comandate da qualcuno dietro le ombre, chiese aiuto ai celesti. Questi ultimi non esitarono ad aiutarli e inviarono un gruppo di angeli che si materializzarono per dar loro la caccia. Sapendo che i figli del cielo si trovavano sulla terra in corpi fisici, Wolfgang ordinò a un gruppo di 1000 licantropi di prepararsi alla luna piena e di mandarli ad annientare questi angeli dal corpo fisico che accompagnavano gli Ebrei nei pressi di Gath, in quella che sarebbe poi diventata la Filistea.

Il gruppo di angeli non contava più di trenta persone, e con loro un mezzo migliaio di guerrieri ebrei che li accompagnarono quando i licantropi caddero in un'imboscata nelle pianure di Gath, causando una grande carneficina. Anche gli angeli fisici furono brutalmente sconfitti da queste mostruosità. Una volta che i corpi fisici degli angeli furono resi inefficaci dalle loro ferite, si smaterializzarono nei loro veri corpi spirituali e così: spazzati dal fuoco e dallo zolfo nello stile di Sodoma e Gomorra, prima di fuggire in velocità attraverso le foreste e le pianure in quella notte di luna piena.

Wolfgang, dopo aver appreso che la maggior parte del suo esercito era stata annientata per il suo coraggio, fuggì lontano dalla Filistia con i suoi fratelli originari; il sangue reale, infatti, subito dopo la battaglia con gli angeli, ne scese altri per trovarli e dare la caccia a tutti i licantropi che si trovavano a Canaan e dintorni. Dieci lune piene più tardi, l'ultimo licantropo della Terra Promessa fu cacciato e fu esposto in mezzo alla città. Non ne era rimasto vivo nemmeno uno con la maledizione da quelle parti. Il morale di Wolfgang era ferito perché i suoi amati figli erano stati annientati. La sua impotenza e la sua furia non tardarono ad arrivare e arrivò sul continente americano e provocò un grande massacro con i suoi fratelli licantropi fino quasi a sterminare i gruppi tribali che vi risiedevano.

Decenni dopo controllavano già l'impero azteco, e allo stesso modo sceglievano principesse e le fecondavano e queste davano loro gli stessi figli, ma con un tratto diverso; questi erano più feroci e voraci quando venivano trasformati sotto la luna, ma purtroppo morivano dopo la prima e la seconda conversione, così Wolfgang, non sapendo perché questo accadeva, decise di emigrare in Europa per realizzare il suo sogno, che era grande. Il suo desiderio era quello di poter controllare il mondo, il mondo che suo padre Licanktro gli aveva raccontato: che lui sarebbe stato il padrone e il re e colui che avrebbe sottomesso i re. Se i figli di Wolfgang non fossero morti dopo la loro conversione, gli spagnoli avrebbero trovato il terrore nell'impero azteco e Tenochtitlan non sarebbe mai stata presa, perché una legione di loro li avrebbe sicuramente divorati.

Wolfgang si stabilì a Parigi e in Inghilterra e da lì, dietro l'ombra, tirò le fila degli eventi sempre dietro a un monarca, ma chi dava veramente gli ordini era lui. E da lì, usando i poteri della magia, provocò epidemie di peste bubbonica in tutta Europa, suscitando in qualche modo il terrore di uccidere l'ordine, oh sì, lo stesso ordine che il suo "amico" Martel aveva formato e che i suoi discendenti non dimenticarono e vollero cacciarlo ad ogni costo. Era sempre più circondato da passi, ma, a dire il vero, nessuno lo conosceva nel suo stato normale. Era stato in grado di giocare molto bene i suoi pezzi nel gioco della conquista del mondo...

Si dice che il discendente di Varmkirus si sia stabilito a Babilonia dopo le ombre di Nabonido e della sua dinastia, essendo secondo molti il dio Marduk convertito. Qualcosa è accaduto nella progenie del vampiro. Forse un'anomalia nel loro DNA li ha fatti scendere freneticamente verso la fine dell'impero babilonese. Mille anni dopo, la loro posizione era sconosciuta, fino a quando, all'alba della Persia, non si fecero nuovamente notare e crebbero a macchia d'olio. Sapevano bene che i loro nemici erano da qualche parte in Gallia. Ma temevano di affrontarli direttamente, perché il lupo mannaro era spietato e nel corpo a corpo era molto improbabile che potessero sconfiggerlo. Il loro metodo consisteva quindi nel tendere imboscate e nell'unirsi.

Nel 1100 d.C. il primogenito di Varmkirus fu ucciso, secondo alcuni in Europa dalla famiglia Martel, secondo altri dagli stessi Valkirius. Comunque sia, il capo dei vampiri non c'era più e così i capi andavano e venivano cercando di prendere il controllo dei vampiri... finché nel 1200 d.C. ci fu una guerra interna e si divisero in due gruppi, quelli che volevano il potere del mondo e quelli che non lo volevano...